AF176487

Die Träume des Herrn Norbert

Claudio Scoreggia

Claudio Scoreggia

Die Träume des Herrn Norbert

Eine verstörende Geschichte

Impressum

Bibliografische Information der Deutschen
Nationalbibliothek:
Die Deutsche Nationalbibliothek verzeichnet diese
Publikation in der Deutschen Nationalbibliografie;
detaillierte bibliografische Daten sind im Internet über
http://dnb.dnb.de abrufbar.

© 2021 Claudio Scoreggia

Herstellung und Verlag: BoD – Books on Demand,
Norderstedt
ISBN: 9783754302538

Herr Norbert

Herr Norbert war ein unauffälliger Mensch. Er war so unauffällig, dass er nicht einmal mit einem giftgrünen Sakko bekleidet bei einer Beerdigung aufgefallen wäre. Kann ein Mensch so unauffälig sein? Herr Norbert war es.

Er war schon als Kind unauffällig. Als Baby schlief er die meiste Zeit, als er gehen gelernt hatte nutzte er diese neu erworbene Fertigkeit kaum, sondern saß meist still in einer Ecke und spielte leise mit einem Plastikauto oder einem Teddybären. Sehr gerne malte und zeichnete er auch. Mit wenig Talent, aber viel Freude, denn da war er alleine und konnte seinen kindlichen Gedanken freien Lauf lassen. Nie widersprach er, weder Eltern noch Lehrern. Freunde hatte er keine, niemand lud ihn zum gemeinsamen Spielen ein, kein anderes Kind kam auch jemals zu ihm nach Hause zum Spielen.

Nach der Schulzeit, die ebenso ereignislos war wie Herr Norbert unauffällig, begann er eine Lehre als Bürokaufmann. Nie hätte er diese Idee gehabt- aber er hatte auch keine andere, somit suchte seine Mutter die Lehrstelle aus. Auch diese Jahre gingen vorbei, ereignislos, langweilig, ohne dass Herr Norbert auch nur ansatzweise soziale Kontakte geknüpft hätte, ja einige Menschen in der Firma wussten bis zum Ende seiner Lehrzeit nicht einmal seinen Namen. In der Berufsschule das selbe Spiel wie schon früher in seiner Schullaufbahn. Herr Norbert war unauffällig, kein Streber, kein Versager. Mangels beruflicher Alternativen blieb er der Firma in der er seine Lehre absolvierte treu und fristete nun schon mehr als 20 Jahre ein ereignisloses, abwechslungsarmes Berufsleben.

Seine Aufgabe bestand darin eingehende Post zu protokollieren, zuerst in einem dicken Posteingangsbuch, in späteren Jahren am PC. (Ja, auch dafür erwarb er die nötigen Fertigkeiten) War diese Arbeit erledigt teilte er die Post auf die Postfächer der einzelnen Abteilungen auf. War das geschehen wartete er auf die Mitarbeiter welche die für sie bestimmte Post abholten und auch Welche für den Versand brachten. Nun hatte Herr Norbert die ausgehenden Sendungen in das (elektronische) Postausgangsbuch einzutragen und schlussendlich alle Sendungen am Abend zur Post zu bringen. Unterbrochen wurde die Arbeit durch eine Mittagspause die Herr Norbert stets in der Firmenkantine verbrachte, meist alleine an einem Tisch sitzend und still das geschmacksneutrale Essen zu sich nehmend. Setzte sich mal jemand zu ihm an den Tisch kam es zu keiner Konversation, Herr Norbert wurde auch nie gefragt ob noch ein Platz frei sei- eben so als säße er gar nicht dort. Darüber hinaus war er in der Firma kaum bekannt, nur die Mitarbeiterinnen und Mitarbeiter die mit ihm zu tun hatten kannten ihn als Norbert, dem Rest der Belegschaft war er unbekannt.

Trotzdem war Herr Norbert ein besonderer Mensch.

Er hatte noch nie geträumt.

An diesem Abend packte Herr Norbert wie jeden Abend die zu versendende Post in eine Tasche, schloss sein Büro ab und machte sich auf den Weg zum Postamt. Wie jeden Abend begegnete er den selben Menschen die er zwar kannte, für die er aber nicht existent war. Wie jeden Abend reihte er sich in die Warteschlange vor dem Schalter ein und wartete geduldig bis er an der Reihe war. Wie jeden Abend murmelte er seine Abschiedsworte und machte sich auf den Weg nach Hause. Alles war wie jeden Abend, doch dass diese Nacht sein Leben verändern würde, das ahnte Herr Norbert noch nicht.

Ein Abend wie immer- und eine Nacht wie noch nie

Der Gang zum Postamt war erledigt, Herr Norbert strebte seiner Wohnung zu. Wie oft, wenn e den ewig selben Weg ging dachte er kurz darüber nach ob es nötig wäre noch Lebensmittel einzukaufen. Er war ja ein anspruchsloser Mensch, doch Essen war nun mal nötig. Er entschied sich für einen kurzen Abstecher in den Supermarkt und besorgte noch frische Brötchen, Milch und etwas Wurst und Käse. Alkohol mied er, also kein Bier, Schnaps oder Dergleichen. Seine einzige Erfahrung mit Alkohol lag schon Jahre zurück, damals, als er sich während seines Wehrdienstes von Kameraden zu einigen Bieren verleiten ließ. Es war die Hölle für ihn, die ganze Nacht lang musste er sich übergeben und war noch Tage danach sterbenskrank.

Die selben Kameraden waren es auch, welche Herrn Norbert zu seiner ersten und einzigen sexuellen Erfahrung mit einer Frau verhalfen. Einige Wochen nach dem betrunkenen Abend überredeten Sie ihn zu einem Besuch im örtlichen Bordell, das für Soldaten Sonderpreise bot. Herr Norbert wurde schon kurz nach dem Eintreten von einer etwas älteren, vom Leben gezeichneten Prostituierten in eines der kleinen, muffigen Zimmer gezerrt und nachdem er sich ausgezogen hatte sogleich oral verwöhnt. Mangels Erfahrung und Übung einerseits, dem geübten Umgang mit dem männlichen Geschlechtsorgan andererseits, ließ das freudige Ende nicht lange auf sich warten- die Dame des horizontalen Gewerbes freute sich über schnell verdientes Geld, Norbert, der damals noch nicht "Herr" Norbert war, wollte am liebsten vor Scham und Ekel im Boden versinken.

Dieser Abend hatte die selbe Wirkung auf ihn wie der Abend seines übermäßigen Alkoholgenusses, ihm graute vor Alkohol und jeglichem sexuellen Kontakt zu Frauen. Ja, Herr Norbert war eine seltsame Erscheinumg.

An diesem Abend ging Herr Norbert noch noch in einen Laden um Brot und ein wenig Wurst einzukaufen. Auch in diesem Laden wo ihn jeder schon kannte war er eine Nullnummer. Er probierte es mit "die Wurst wie immer" und der Verkäufer hatte keinen Plan. Er versuchte dem Blick von Norbert zu folgen und erriet die richtige Sorte. Herr Norbert packte seine Einkäufe in die braune Ledertasche die er seit Jahren täglich mit sich trug, bezahlte und verließ das Geschäft wie immer grußlos.

Er hatte nicht weit nach Hause. Die Wohnung, die er von seinen Eltern geerbt hatte lag in einer ruhigen Seitengasse im ersten Stock eines Mehrparteienhauses.Norbert schlurfte die Stufen hinauf und öffnete die Wohnungstüre. Er stellte seinen Tasche ab, zog seine Schuhe aus und verräumte seine Einkäufe.

Wie jeden Abend setzte er sich auf die Couch, drehte den Fernseher an und schaute ein paar Minuten zu ohne wirklich mitzubekommen was er sah. Es war einfach ein Ritual, das irgendwann begonnen hatte und das er nun jeden Abend ohne nachzudenken zelebrierte. Anschließend stand er auf, zog sich aus und ging ins Badzimmer. Zähne putzen, duschen, täglich der selbe Ablauf. Er zog den Pyjama an den er von seinem Vater geerbt hatte und setzte sich wieder vor den Fernseher. Er sah zu, zappte, sah zu. Irgendwann wurde er müde und ging zu Bett. Nach wenigen Minuten fiel er in einen tiefen Schlaf.

Schwarze, graue und weiße Flecken tanzten einen irrwitzigen Tanz. Mal schnell, mal langsam änderten sie ihre Position, überlappten einander und schufen so sich stetig ändernde Muster. Langsam gesellten sich auch Farben dazu, erst blass und nur kleine Flecken, langsam wurden die Farben kräftiger und verschmolzen mit den schwarzen und grauen Mustern, bis sich verschwommen einzelne Bilder abzeichneten. Herr Norbert auf der Straße mit seiner Ledertasche, sein Schreibtisch in der Firma, Herr Norbert auf der Couch im Pyjama den er wie fast alle seine Kleidungsstücke von seinem verstorbenen Vater übernommen hatte. Die Bilder erschienen und verschwanden, wiederholten sich, wurden deutlicher und schemenhafter. Plötzlich wurden die Farbflecken blasser, begannen zu rotieren und lösten sich schlussendlich in einem grellen Blitz auf.

Herr Norbert erwachte und registrierte sofort dass er schweißnass war. Seine ersten Gedanken waren Fieber, eine Erkältung oder an ein anderes körperliches Leiden. Er schleppte sich ins Badezimmer und spritzte sich kaltes Wasser ins Gesicht. Dann betrachtete er sein Spiegelbild.

Die braunen Haare, die schon einige graue Strähnen aufwiesen standen wirr und klatschnass in alle Richtungen ab. Die blasse Haut glänzte von Schweiß und Wasser. Zitternd lehnte er sich mit dem Rücken gegen die Badezimmerwand und glitt langsam zu Boden. Er schloss die Augen, riss sie aber sofort wieder auf, denn so weit funktionierte sein Verstand- irgendetwas war passiert während er die Augen geschlossen hatte, er geschlafen hatte. In seinem Kopf dröhnte es, seine Schläfen pochten. Da kam wie aus dem Nichts ein Gedanke: "Es war ein Traum. nichts als ein Traum"

Seltsam, denn er hatte noch nie geträumt.

Minuten vergingen, zitternd lag Herr Norbert am Boden seines Badezimmers, die Augen weit aufgerissen. Mit der Zeit ließ das Zittern nach und er konnte langsam wieder klare Gedanken fassen. Der erste war "Es ist nichts geschehen, alles ist gut", der zweite "Ich muss zur Arbeit".

Der Tag nach dem ersten Traum

An die Arbeit zu denken passte zu Herrn Norbert. So lange er in der Firma war hatte er nie einen Tag gefehlt, kam nie auch nur eine Minute zu spät. Urlaub nahm er weil er musste, verbrachte diese Zeit aber so wie seine Feierabende- alleine zu Hause. Die Pünktlichkeit und Zuverlässigkeit war ihm irgendwie angeboren oder anerzogen worden, er lebte einfach sein Leben, auch mangels irgendwelcher Alternativen die seinen Trott beeinflussen könnten. Keine Besuche bei Verwandten oder Freunden, kein Ausgehen am Abend.

Aber heute war alles anders. Er konnte sich zwar aufraffen in die Dusche zu steigen, doch sich anzuziehen schaffte er nicht mehr. Nur in Unterwäsche sank er auf die Couch und tat, was er noch nie getan hatte: Er meldete sich krank.

Stunden verbrachte Herr Norbert regungslos auf der Couch, immer wieder kamen die Erinnerungen an die vergangene Nacht zurück. Schließlich raffte er sich auf und schaltete seinen Computer ein, ein älteres Modell dass er irgendwann gekauft hatte weil alle meinten dass man einen haben müsse. Bis spät in die Nacht hinein recherchierte er alles über Träume, teils aus Neugierde, teils weil er Angst hatte schlafen zu gehen. Ihn verwirrte was er da las: Verarbeitung von Erlebtem, Ausdruck von Sehnsüchten und andere Interpretationen des in der letzten Nacht Erlebten halfen ihm nicht weiter. Das alles verwirrte ihn nur.

Der anstrengende Tag forderte seinen Tribut. Immer wieder fielen Herrn Norbert die Augen zu, schließlich ging er zu Bett, lag mit offenen Augen da. Sein letzter Gedanke während er einschlief war „ich habe heute nichts gegessen".

Der zweite Traum

Norbert in ganz ungewohnter Kleidung. Modern, farbenfroh. Die Kollegin aus der Buchhaltung, Erika, wie sie sich vornüberbeugte und den Blick auf ihr imposantes Dekolletè ermöglichte, Kollege Herrmann der wie immer öde Witze riss. All diese Momente diffus, verschwommen, aber doch klar.

Schweiß stand auf seiner Stirn als er erwachte. All die Bilder des Traumes waren noch deutlich in seiner Erinnerung. Dass Herrmann auftauchte überraschte Herrn Norbert nicht. Er hasste seinen Kollegen. Er hasste ihn wegen seiner lauten Art, seiner dummen Witze und seiner Aufdringlichkeit beim weiblichen Geschlecht. Das mit der seiner Kleidung irritierte ihn ein wenig, hatte er sich doch nie über derartige Nebensächlichkeiten Gedanken gemacht.

Der Gang ins Badezimmer fiel ihm heute leichter als noch am Vortag, danach stand er vor seinem Kleiderschrank und inspizierte seine Garderobe. Zum ersten Mal fiel ihm auf, dass seine gesamte Kleidung in Braun- und Grautönen gehalten war, nicht so farbenfroh wie in seinem Traum. Er zog sich an, trank einen Kaffee und machte sich auf den Weg zur Arbeit.

In der Firma angekommen stellte Herr Norbert fest, dass sich trotz seiner eintägigen Abwesenheit keiner für ihn interessierte. Herrmann riss gerade ein paar alte Blondinenwitze für seine Zuhörer, die drei Lieferfahrer die wie jeden Morgen kurz auf einen Kaffee vorbei kamen. Norbert murmelte ein beinahe lautloses „Guten Morgen" und nahm in seinem Bürostuhl Platz. Er atmete tief durch und beobachtete Herrmann. Dunkelblaue Jeans, knallrotes Poloshirt, Ledersneakers.

Ein deutlicher Kontrast zu ihm selbst: braune Hose, beiges Hemd, braune Halbschuhe. In Norbert keimte der Gedanke an einen Kleiderkauf.

Der Vormittag verging mit der üblichen Arbeitsroutine, wie gewöhnlich suchte Norbert mittags die Kantine auf. Hühnerbrust mit Pommes und Salat. Ungewürzt wie immer, was ihn nicht besonders störte. Alleine am Tisch aß er langsam und ohne Genuss, da öffnete sich die Türe zum Speisesaal und die Blicke aller Männer und die der meisten Frauen wanderten zu der Person die soeben den Raum betreten hatte. Erika. Rote, lockige Haare, grüne Augen, ein knapp sitzendes rotes Kostüm, das farblich perfekt mit den Haaren abgestimmmt und mindestens eine Nummer zu klein war. Norbert war sich sicher, dass dieser und ähnliche Auftritte immer schon auf der Tagesordnung waren, umso verwunderter war er dass er heute davon Notiz genommen hatte. Da fiel ihm sein Traum wieder ein. Erika, ihre prallen und kaum bedeckten Brüste.

Norbert würgte die letzten Bissen rasch hinunter und eilte zurück an seinen Arbeitsplatz. Der Rest des Tages verging mit der üblichen Eintönigkeit, lediglich unterbrochen durch Gedankensplitter die durch Norberts Gehirn jagten. Erika. Rotes Kostüm. Rotes Poloshirt. Brüste.

Der Abend verlief nach einem neuen Muster. Anstatt wie früher langweilige Fernsehsendungen zu verfolgen saß Norbert mit der Besessenheit eines Suchtkranken vor seinem Computer. Recherchen zu Träumen wechselten mit virtuellen Ausflügen in die Welt der Mode und der Sexualität. Erikas Anblick heute in der Kantine hatte einen Schalter in seinem von den plötzlich auftretenden Träumen verwirrten Gehirn umgelegt. Fetzen der Erinnerung an den lange zurück liegenden Besuch bei der Prostituierten jagden durch seinen Kopf. Nach einem wie immer bescheidenen Abendessen ging Norbert zu Bett. Kurz vor dem Einschlafen tauchte wieder die Prostituierte in seinem Kopf auf. Allerdings hatte sie jetzt rote Haare. Und Erikas Gesicht.

Herr Norbert geht shoppen

Ein neue Tag hatte begonnen. Der Traum der letzten Nacht verwirrte ihn nicht mehr so stark wie es die ersten, unerwarteten Träume taten. Ganz im Gegenteil, er fühlte eine bislang unbekannte Energie in sich. Den Weg ins Büro legte er mechanisch zurück, sein Gehirn war mit einem Plan beschäftigt: Es wurde Zeit neue Kleidung einzukaufen.

Der Arbeitstag verlief wie immer, unaufgeregt und langweilig. Zum größten Bedauern von Herrn Norbert ließ sich Erika heute nicht blicken, nicht in seinem Büro um die Post zu holen, nicht in der Kantine. Zwei Stunden vor Arbeitsschluss vollbrachte Herr Norbert in seinen Auen eine Heldentat. Er stand auf, zog seine Jacke an und sagte zu Herrmann:"Ich gehe, ich habe etwas zu erledigen." Herrmann fuhr herum und starte Norbert ungläubig an. Schnell kam der echte Herrmann wieder zurück der sagte:"Eine Verabredung mit einer heißen Braut?" "Leck mich" sagte Norbert, über sich selbst erschrocken, dass er zu so einer Äußerung fähig war. Er verließ das Büro und knallte, wieder zu Herrmanns Überraschung, die Türe zu.

Auf der Straße angekommen atmete Norbert tief durch. Die Umsetzung seines Planes erschien ihm nun doch schwieriger als noch am Morgen, schießlich fehlte ihm die nötige Erfahrung mit Mode und dem Kleidungskauf als solchem. All seine Kleidung war schon etliche Jahre alt, immer im selben Geschäft eingekauft in dem schon sein Vater Kunde war. So sah es auch aus.

Unschlüssig und höchst unsicher bewegte sich Herr Norbert durch die Shoppingmeile der Stadt. Keine Ahnung welches der vielen Geschäfte er betreten sollte. Schließlich betrat er zögernd eine Boutique, nachdem er im Schaufenster ein rotes Poloshirt gesehen hatte. Schon im selben Moment bereute er seinen Entschluss. "Wie kann ich helfen?" Mit diesen Worten schoss eine junge Verkäuferin auf ihn zu. Norbert war hilflos. Keine Ahnung was er antworten sollte. "Ich brauche...." "Offenbar eine Runderneuerung" vervollständigte die Verkäuferin den begonnenen Satz. Lachend. Strahlend weiße Zähne. Hautenges T-Shirt. Brüste. Schon wieder Brüste. Norbert begann zu schwitzen.

"Ein Poloshirt". Mehr brachte er nicht heraus. "Farbe? Größe?" antwortete die Verkäuferin während sie schon dem Regal mit den Polos zueilte. Norbert schlurfte ihr nach, den Blick auf den perfekten Hintern gerichtet. "Rot" sagte er. Dann dachte er kurz nach und entschied sich um. "Nein, grün". Rot könnte ja Herrmann auf die Idee bringen, dass er ihn kopieren wolle. Das wollte Norbert nicht. "XL denke ich" sagte die Expertin und hielt ihm ein entsprechendes Stück hin.

Norbert nahm es entgegen und stand unschlüssig da. "Wollen Sie es nicht anprobieren?" fragte die

Verkäuferin mit einem Lächeln das Norbert erröten und schwitzen ließ. "Nein. Wird schon passen". "Noch Wünsche?" "Eine Hose." "Welche?" "Jean." Der prüfende Blick der Verkäuferin wanderte über Norberts Körper, was ihm Unwohlsein und Scham bereitete.

Ein Griff in das Real und die junge Dame hielt ihm ein Paar Jeans hin die er zögernd entgegennahm. Er stand da, in der linken Hand das Poloshirt, in der rechten die Jeans. "Wollen Sie nicht wenigstens die Hose anprobieren?" "Nein. Zahlen bitte."

Der junge Augenschmaus nahm ihm die Kleidungsstücke ab, ging zur Kassa und scannte die Etiketten. "127 Euro bitte" sagte sie. Norbert erschrak über diesen Betrag, zahlte und nahm die Tasche mit seinen neuen Kleidungsstücken entgegen. Dabei streiften die Finger der Verkäuferin sanft über seinen Handrücken. Er zuckte zusammen und verließ grußlos das Geschäft.

Zu Hause angekommen legte er die Tüte mit seinen nuen Kleidungsstücken auf den Wohnzimmertisch, setzte sich auf die Couch und starrte die farbenfrohe Tüte minutenlang an. Eine innere Unruhe erfasste ihn. Würde er den Mut aufbringen sich für ihn so ungewohnt farbenfroh in der Öffentlichkeit zu präsentieren? Er fürchtete hämische Beleidigungen von Herrmann, schiefe Blicke, Getuschel, Gekichere. Seufzend stand Herr Norbert auf und ging ruhelos in der Wohnung auf und ab. Schließlich nahm er mit einem tiefen Seufzer die Tüte zur Hand. Er ging in die Küche und holte eine Schere aus der Bestecklade. Langsam und bedächtig entfernte er die Preisetiketten und legte die Kleidungsstücke auf den Küchentisch. Norbert ging ins Bad, zog sich aus und stieg unter die Dusche. Er duschte lange und ausgiebig, trocknete sich ab und kämmte seine Haare ordentlich zurück.

Mit zitternden Händen zog er die neue Kleidung an und stellte sich vor den Spiegel im Schlafzimmer. Lange musterte er sein Spiegelbild. Sein Gesicht verzog sich zu einem Grinsen. Neben seinem Spiegelbild tauchte Erika im Spiegel auf. Rote Haare. Rotes Kleid. Brüste.

Herr Norbert tat was er schon lange nicht mehr getan hatte: Er verließ seine Wohnung und machte, angezogen wie noch nie, einen Abendspaziergang. Das anfängliche Unwohlsein verflog schnell, in jedem Schaufenster betrachtete er sein Spiegelbild und war zufrieden. Die Angst mit seiner neuen

Kleidung zum Gespött der Kolleginnen und Kollegen zu werden war verflogen.

Seine Schritte wurden immer fester, seine Körperhaltung aufrechter. Jede entgegenkommende Frau verglich er mit Erika, besonders wenn sie rote Haare hatte. Keine reichte in seinen Augen auch nur ansatzweise an sie heran. Norbert kehrte nach Hause zurück. Sorgfältig hängte er Poloshirt und Jeans über Kleiderhäken und ging zu Bett.

Heute kein Traum?

Norbert schrak im Schlaf hoch und war plötzlich hellwach. Er war irritiert. Wo war sein Traum geblieben? Er blickte auf die Uhr. Kurz nach Mitternacht. Seufzend erhob er sich und ging in die Küche um ein Glas Wasser zu trinken. Am Weg zurück ins Schlafzimmer fiel sein Blick auf den Computer. Er nahm am Schreibtisch Platz und fuhr den PC hoch. Google. Erikas Name.

Facebook. Verdammt, die Seite verlangte eine Registrierung. Echter Name? Nein. Norbert wählte einen Allerweltsnamen und loggt sich ein. Erikas Profil war öffentlich. Hunderte Fotos zeigten fast immer Erika in unterschiedlichsten Posen und an unterschiedlichen Orten. Norbert klickte sich durch. Einmal. Zwei Mal. Nochmals. Und nochmal.

Immer wieder blieb sein Blick minutenlang auf ein und das selbe Foto geheftet.

Erika im Urlaub am Strand. Im Bikini. Rote Haare. Grüne Augen. Brüste.

Es dämmerte schon fast als Norbert sich vom PC losreißen konnte. Er ging zu Bett und tat, zu seiner eigenen Überraschung, was er schon jahrzehntelang nicht getan hatte, was nur ab und zu in seiner Pubertät vorkam und seit dem Besuch bei der Prostituierten nie mehr wieder.

Er onanierte. Erika begleitete ihn den kurzen Rest der Nacht in seinen Träumen.

Ein neuer Tag und Geldsorgen

Nach kurzer Nachtruhe machte sich Herr Norbert auf den Weg ins Büro. Am Weg zur Arbeit dachte er über die letzte Nacht nach, vor allem aber über die Fotos, seine Handlung vor dem Einschlafen und den darauf folgenden Traum. In diesem Traum saß er mit Erika an jenem Strand an dem ihr Bikinifoto entstanden war. Für Norbert ein wunderschöner Traum.

Am Arbeitsplatz angekommen passierte was er schon befürchtet hatte. "Na, heute als Papagei unterwegs?" lauteten Herrmanns Begrüßungsworte. "Wohl 'ne neue Puppe an der Angel." Norbert reagierte nicht, sondern steuerte seinen Schreibtisch an um mit der Arbeit zu beginnen. Immer wenn sich die Türe öffnete hoffte er, dass Erika herein käme, immer wieder wurde seine Hoffnung enttäuscht.

So verging der Vormittag mit der üblichen Arbeitsroutine und den meist schon alten Witzen von Herrmann, der auch nicht darauf vergaß jeden Eintretenden auf Norberts neuen Style hinzuweisen.

Mittags in der Kantine der übliche Ablauf Norbert alleine an einem keinen Tisch in der Ecke, rundherum Gemurmel, Gelächter, Besteckklirren. Keine Erika. Beim Nachtisch geschah es: Das Gemurmel an den Tischen erstarb kurz und Norbert wusste gleich warum. Sie war da.

Langsam und zögerlich wandte er den Kopf ein wenig seitwärts um einen Blick erhaschen zu können. Rote Haare. Grüne Augen. Grünes, eng anliegendes Kostüm. Letzteres unterstrich ihre Figur und trieb Norbert ein wenig die Röte ins Gesicht. Schnell drehte er den Kopf wieder zurück und blickte in seinen Nachtisch. Dann führte der Zufall Regie.

Erika kam mit ihrem Tablett auf ihn zu und nahm am Nebentisch bei einer Kollegin Platz. Tief sog Norbert den Duft ihres Parfums ein, er wusste sofort dass dieser Duft ihn heute Nacht auch im Traum begleiten würde. Langsam aß er sein Dessert, sperrte aber die Ohren auf um das Gespräch am Nebentisch mitzubekommen.

Nach einigen allgemeinen Floskeln über den Arbeitstag sprach Erika mit der Kollegin über ihr aktuelles Problem. Ihr Auto hatte den Geist aufgegeben, Motorschaden, Reparatursumme etwa achttausend Euro. "Soviel hab ich nicht auf der Kante" sagte Erika. "Dann gib eben weniger Geld für Klamotten und den Friseur aus" antwortete die Kollegin. Beide lachten, Norbert hörte das glockenhelle Lachen aus Erikas Mund deutlich heraus, nahm den letzten Bissen seiner Nachspeise und verließ schnell die Kantine.

Der Rest des Arbeitstages verflog im Nu, immer wieder unterbrochen durch Tagträume in denen meistens Erika die Hauptrolle spielte. Zu Arbeitsende, mitten in enem solchen Traum saß

Norbert vor sich hin starrend da, als er von einem Klaps an seinen Kopf aus seinen schönen und erregenden Gedanken gerissen wurde. "Bis morgen, und nicht zuviel träumen" sagte Herrmann lachend und eilte zur Türe hinaus. Norbert folgte ihm ein paar Minuten später.

Zu Hause angekommen öffnete er eine Lade des Wohnzimmerschranks und nahm sein Sparbuch heraus. Er öffnete es, kontrollierte den Betrag und legte es wieder zurück. Er hatte einen Plan.

Der nächste Traum

Was für ein Traum! Er und Erika am Strand, im Cafe (obwohl Norbert schon lange nicht mehr eines besucht hatte), beim Spazieren gehen in der Innenstadt und, ja auch das, in Norberts Bett. Mit der Vorstellung von Erikas nacktem Körper hatte er so seine Probleme, aber ein gewisses Grundwissen war dank des damaligen Besuchs bei der Dame des horizontalen Gewerbes und auch dank des Internets vorhanden. Norbert erwachte mit einer deutlichen Verhärtung zwischen den Beinen und beseitigte diesen Umstand umgehend manuell.

Während er eine Dusche nahm dachte er nochmals über seinen Plan nach. Den einen oder anderen Zweifel am Gelingen seines Vorhabens wischte er umgehend zur Seite, hundertprozentig überzeugt von einem erfolgreichen Ende war er trotzdem nicht.

Am Arbeitsplatz angekommen nahm alles seinen gewohnten Gang. Norbert war unruhig. Den ganzen Vormittag ließ sich Erika nicht blicken, auch beim Mittagessen in der Kantine konnte er sie nicht erblicken. Sein Plan kam ins wanken.

Dabei war der Plan ziemlich einfach. Er wollte Erika ansprechen und ihr erzählen, dass er das gestrige Gespräch mit der Kollegin mitgehört hatte. Anschließend wollte er ihr finanzielle HIlfe anbieten. Dieser Teil des Planes sollte problemlos gelingen. Der zweite Teil machte Herrn Norbert noch ein wenig Sorge. Aus Dankbarkeit sollte es doch möglich sein, dass Erika sich in einer Form dankbar erweist die zumindest einen Teil seiner Träume wahr werden lässt. So seine Erwartungen.

Die Enttäuschung war groß. Den ganzen Tag tauchte Erika nicht auf. Herr Norbert machte sich auf den Heimweg, in entsprechend mieser Stimmung. Er war vorbereitet gewesen, wusste nicht, ob er morgen den Mut aufbringen würde.

Wie es der Zufall wollte kam er an dem Laden vorbei, in dem er sich erst kürzlich neu eingekleidet hatte. Beinahe ferngesteuert betrat er den Laden und ging zielstrebig auf das Regalmit den Poloshirts zu. Die passende Größe war schnell gefunden und mit Shirts in drei Farben stellte er sich in der Schlange an der Kasse an. Die selbe Bedienung. Sie nahm die Ware entgegen, scannte die Tags und packte alles in eine Tüte die sie Norbert übergab. Nicht zufällig, sondern absichtlich strich Norbert ihr über den Handrücken. Sie machte ein verwirrtes Gesicht und zog ihre Hand schnell zurück, er errötete und eilte aus dem Geschäft.

Zu Hause angekommen stieg der Ärger in ihm hoch. So ein guter Plan und dann lässt sie sich nicht blicken. Er warf die Tüte mit den Polos auf den Küchentisch, trat den Sessel zur Seite und setzte sich auf die Couch. Warum war sie heute nicht da? Gerade heute, wo er den Mut gehabt hätte sie anzusprechen und ihr sein Angebot zu unterbreiten. Er stand auf, schaltete seinen PC ein und betrachtete wieder ihre Fotos auf Facebook. Schnell war sein Ärger verflogen. Strand. Erika. Rote Haare. Grüne Augen. Brüste.

Strand und Geld

Wie erwartet, wie erhofft kam der Traum. Norbert, nackt am Bett liegend. Von den Schultern bis zu den Knien bedeckt mit Geldscheinen. Erika daneben. Im selben Bikini wie am Strand. Langsam nahm sie Schein für Schein von seinem Körper und steckte ihn in ihre Handtasche. Als Norbert von allen Scheinen befreit war glitt ihre Hand langsam seinen Bauch hinab... und der Traum war vorbei, der Wecker läutete. Norbert nahm ihn zur Hand und warf ihn gegen die Wand. Die Folgen seines Traums bereinigte er wieder manuell.

Der Arbeitstag bestand für Herrn Norbert aus warten. Warten auf Erika. In der Kantine war Hochbetrieb, Norbert saß wie immer alleine am Tisch als Erika den Raum betrat. Heute ganz in Gelb, enger Rock, noch engere Bluse. Norbert musste schlucken und bemerkte dass ihn der Mut verließ. Erika nahm ein paar Tische weiter Platz und begann zu essen.

Norbert beobachtete sie, beobachtete wie sie die Gabel zum Mund führte und mit ihren knallrot geschminkten Lippen den Bissen umschloss, von der Gabel zog und zu kauen begann. Nicht schwierig zu erraten woran Norbert dabei dachte.

Er seufzte tief und stand auf. Langsam steuerte er auf den Tisch zu an dem Erika saß. Er konnte förmlich die Blicke spüren die sich von den Tischen rundum in seinen Rücken bohrten als er vor Erika stand. Die war in das Gespräch mit ihrem Gegenüber vertieft und bemerkte Norbert natürlich nicht. Die Sekunden, die vergingen bis Norbert "Erika" über die Lippen kam, fühlten sich für ihn wie Stunden an. Erika wandte sich ihm zu und wirkte irritiert. "Ja Herbert?" Sie kannte seinen Namen nicht, Norbert merkte wie ihn sein Mut verließ. "Norbert" "Ach ja, Norbert. Was kann ich für dich tun?" Was Norbert gerne als Antwort gegeben hätte kann man sich vorstellen. Statt dessen sagte er "Komm bitte nach dem Essen zu mir", drehte sich um und verließ mit hochrotem Kopf die Kantine.

In seinem Büro ließ sich Herr Norbert in seinen Sessel fallen und sog tief Luft ein. Er hatte es gewagt. Sein Plan würde aufgehen, ja, jetzt war er sich sicher. Er schloss kurz die Augen, öffnete sie aber schnell wieder als er merkte dass sich in seinem Schritt etwas regte. Herrmann kam herein. "Mensch Alter, was war denn das jetzt für eine Nummer?" Herr Norbert schwieg. "Baggert einfach die heißeste Braut in der Firma an, ich pack's nicht!" Herrmann konnte sich nicht einkriegen. Plötzlich öffnete sich die Tür.

Sie trat ein. Erika. Norbert musste schlucken. Herrmann glotzte Erika an, Erika blickte Norbert an. Norbert glotzte Erika an. Schwieg. "Da bin ich" sagte sie. "Was gibts?"

Herr Norbert begann zu zittern. Sein Plan, er musste an seinen Plan denken. Kurz fasste er sich. "Herrmann, lass uns bitte kurz alleine" sagte er mit einer Stimme die ihm seltsam fremd war. Laut, fest, bestimmt. "Okay, okay, dann lass ich eben die zwei Turteltäubchen alleine" kam es einem verdutzten Herrmann über die Lippen. Er verließ das Büro. Erika stand da und wartete. Norbert sah sie ungläubig an. Sie war wirklich da. Er gab sich wieder einen Ruck. "Ich habe vorgestern in der Kantine was mitbekommen". "Jaa-a?" antwortete Erika. "Dein Auto, die Raparatur". Erika schaute ihn mit einem nicht einzuordnenden Blick an. "Ich kann dir gerne das Geld leihen wenn du möchtest".

Erika sah ihn lange mit unbewegter Miene an. Norbert bemerkte, dass seine Unterlippe zu zittern begann. Warum antwortet sie nicht? Warum fällt sie ihm nicht voller Freude um den Hals? Warum wirft sie sich ihm nicht an den Hals und bedeckt sein Gesicht mit küssen? In seiner Hose begann sich etwas zu regen, da sagte Erika "Echt wahr? Das wäre ja total süß von dir".

Herr Norbert schüttelte kurz den Kopf und sagte nur "Ich helfe gerne wenn ich kann". Dann kehrte Schweigen ein. Erika brach das das Schweigen. "Wann?" fragte sie. "Es ist ja schon Freitag. Passt es dir am Montag? Wir könnten ja nach der Arbeit gemeinsam zur Bank gehen" sagte Norbert und hoffte nun auf einen Freudenausbruch. Der kam nicht. Nur ein knappes "Danke", dann schwirrte die gelbe Göttin aus dem Raum. Herrmann kam zurück. "Und? Gelandet?" "Leck mich" sagte Norbert und wandte sich wieder seiner Arbeit zu.

Teens und der Freak

Feierabend. Norbert war am Heimweg und dachte über seinen Plan nach. Die ersten Schritte waren getan, jetzt ging es darum auch die weiteren Schritte zu gehen. Montag zur Bank, dann wird wohl der Dank intensiver ausfallen wie er hoffte. Er schwankte zwischen Vorfreude auf das was noch kommen könnte und dem Ärger über Erikas Reserviertheit heute. Der Stein den er wegkickte traf das Schienbein eines Jugendlichen, der mit anderen seltsam gekleideten Jungs und Mädchen auf der Treppe vor der Bücherei saß.

Hey! Pass doch auf du Freak!" rief der Teenager. Die anderen stimmten mit ein. "Fuck You! Verpiss dich Opa!" Herr Norbert ignorierte das Geschimpfe und ging weiter. Schnell noch in den Supermarkt, vielleicht kommt Erika ja nach der Bank noch mit zu ihm (das gehörte zu seinem Plan), da dachte er dass eine Flasche Sekt dringend nötig wäre.

Mit zwei Flaschen Sekt in der Tüte verließ er den Supermarkt und kam kurz danach in seiner Wohnung an. Sorgsam stellte er die beiden Flaschen in den Kühlschrank. Die Flaschen zum Glück, wie er dachte.

Er nahm auf der Couch Platz und dachte nach. Wie sollte er Erika dazu zu bewegen noch zu ihm zu kommen. Da kam ihm die rettende Idee: Er würde ihr anbieten sie aufgrund der hohen Summe nach Hause zu begleiten, vorher aber sein Sparbuch wieder in die Wohnung bringen. Perfekt! Glaubhaft! Kein Hintergedanke erkennbar! Zur Feier des Tages und dieser glorreichen Idee musste er sich belohnen.

Er starete seinen PC und klickte sich wieder durch die Fotos. Die Folgen waren absehbar und wurden wieder in Handarbeit bereinigt. Nach einer langen Dusche saß er wieder vor dem Bildschirm und sah sich einschlägige Filme an. Bildungsfernsehen nannte er das, innerlich kichernd. Schließlich musste er seinen Horizont erweitern um sich bei Erika nicht zu blamieren. Nach einiger Zeit war wieder Handarbeit angesagt, dann fiel er müde ins Bett.

Filmverarbeitung im Traum und Troubles mit Tina

Im Traum dieser Nacht durchlebte Norbert die zuletzt angesehenen Filme. Nur die Darsteller waren andere. Erika, rücklings am Küchentisch liegend, er, davor stehend und eifrig bei der Sache. Also beinahe er. Weniger Bauch, die Haut nicht so fahl-rosig, breitere Schultern. Der Schauplatz wechselte auf die Couch im Wohnzimmer und anschließend ins Bett.

Nach dem Erwachen machte Norbert sich kurz Sorgen wegen eines eventuellen Tennisarms, schritt aber trotzdem wacker zur Tat und tat, was er in den letzten Tagen immer öfter getan hatte.

Danach blieb er noch im Bett liegen und malte sich den Montag Abend aus. Die Folgen waren klar.

In bester Laune stieg Norbert aus dem Bett und unter die Dusche. Er zog sich an und überlegte, wie er das Wochenende verbringen sollte. Ein Problem, das für ihn nicht so einfach zu lösen war. Dieses Problem hatte er noch nie gehabt, blieb einfach zu Hause und wartete bis das Wochenende vorbei war. Doch nun war alles anders. Herr Norbert entschied sich für einen Spaziergang.

Er trat aus dem dunklen Hausflur in die Sonne und spürte die wärmenden Strahlen auf der Haut.

Warm und sanft, so stellte er sich auch Erikas Hände vor. Zufällig führte sein Weg ihn wieder an der Bibliothek vorbei. Die jugendliche Gang war wieder da und schon gings los. "Hey Freak! Wieder mal ein Steinchen kicken?" Norbert ging stumm weiter und hörte nicht auf die Beschimpfungen. Als er um die nächste Ecke ging hörte er hinter sich schnelle Schritte. Erschrocken drehte er sich um.

Tina. Die Stieftochter von Herrmann. Schlank, seltsam gekleidet, grüne und blaue Strähnen im sonst blonden Haar. Sie musste um die 17 oder 18 Jahre alt sein.

Herr Norbert kannte sie nur flüchtig, da sie früher ab uns zu mal Herrmann von der Arbeit abgeholt hatte. Was wollte die denn von ihm. „Hey! Herr Herbert!" rief sie.

„Norbert" antwortete der wieder mal mit falschem Namen angesprochene Herr Norbert. Was wollte die denn?

„Sorry dass ich störe, aber hätten Sie ein wenig Kleingeld für mich? Ich brauche ein Bierchen, aber die Looser mit denen ich da abhänge sind pleite." Norbert stand verdutzt da.

„Ein Fünfer würde schon genügen, eventuell ein Zehner, dann gehen sich auch noch Kippen aus. Herrmann gibt es Ihnen am Montag zurück."

Norbert wollte schon zu einem Vortrag über die ungesunde Lebensweise der Jugend ansetzen, besann sich aber anders. „Ich habe kein Geld bei mir, aber komm mit zu mir nach Hause, ein Zehner wird sich schon machen lassen."

„Prima" sagte Tina. Die beiden gingen zu Norberts Wohnung, ohne bei den Jugendlichen vor der Bibliothek vorbei zu gehen. Unterwegs plapperte Tina drauflos. Mama ist bei Oma, der geht es gerade schlecht und mein Taschengeld ist schon alle. Herrmann treibt sich mit irgendwelchen Freunden oder auch Frauen herum, den sehe ich nur alle zwei, drei Tage. Immer dann wenn er frische Wäsche braucht." Norbert murmelte etwas unverständliches als Antwort vor sich hin, in Gedanken war er mit ganz anderen Dingen beschäftigt.

Zum Beispiel mit der alten Karnevalsperücke im Wohnzimmerschrank. Die alte Perücke, die seine Mutter vor Jahren mal getragen hatte. Die mit den roten Haaren.

In Norberts Wohnung angekommen sah Tina sich im Wohnzimmer um und zog ob der antiquierten Einrichtung die Augenbrauen hoch. Möchtest du was trinken?fragte Norbert. „Haben Sie Bier?" „Nur Kaffe, Tee oder Sekt" sagte Norbert. „Sekt wäre okay" war Tinas Antwort. Herr Norbert grinste in sich hinein und ging in die Küche. Er nahm eine Flasche Sekt aus dem Kühlschrank und öffnet sie umständlich, schließlich fehlte ihm da die Übung. Sektflöten hatte er keine, also mussten Weingläser den selben Zweck erfüllen.

Mit den Gläsern in den Händen kam er zurück ins Wohnzimmmer. Tina hatte es sich bereits auf der

Couch bequem gemacht, die Beine angehockt und mit den Armen umschlungen. Norbert reichte ihr ein Glas und sie nahm es fast gierig entgegen. „Prost" sagte sie und kippte den ganzen Inhalt in sich hienein als ob es Wasser wäre. Norbert nahm nur einen kleinen Schluck, ihm graute vor Alkohol. „Noch ein Glas?" fragte er und Tina nickte nur. Norbert nahm das leere Glas entgegen und ging wieder in die Küche. Mit einem breiten Grinsen füllte er Tinas Glas und ging rasch noch seinen neuen, improvisierten Plan durch.

Zurück im Wohnzimmer sah er Tina, die im Raum auf und ab stolzierte und die Bilder an den Wänden betrachtete. Schreckliche Bilder, auch für Norbert, doch er hatte Veränderungen in der Wohnung immer gehasst. „Alter, wie kann man nur solchen Schrott an den Wänden hängen haben?" fragte Tina und nahm wortlos das frisch gefüllte Glas entgegen. Norbert sah seine Bilder an. Heimatkitsch, röhrender Hirsch, Almhütte im Sonnenuntergang. Okay, vielleicht würde er doch mal neue Bilder anschaffen. Bilder die besser zu seinem neuen Leben, welches offenbar gerade beginnt, passen. Und zu Erika.

Tina hielt Norbert das mittlerweile wieder geleert Glas hin und der nahm es mit einem Grinsen entgegen.

Nach dem dritten Glas Sekt ließ sich Tina auf die Couch fallen. Gerötetes Gesicht, gerötete Augen. Auch ihre Stimme und Aussprache hatten sich verändert als sie zu Norbert „was ist nun mit der Kohle? Ich kann ja nicht den ganzen Tag bei dir abhängen." Sie hatte also zum DU gewechselt fiel Norbert auf. Das gefiel ihm und passte zu seinem Plan.

Er ging zum Wohnzimmerschrank, öffnete eine der Schubladen und griff hinein. Hier war sie. Seit Jahren am selben Platz. Bisher unbeachtet, heute war aber ihr großer Tag. Jedenfalls in Norberts Plan. Vorsichtig nahm er sie heraus. Die Perücke. Die mit den roten Haaren.

„Setz die auf!" sagte Norbert mit einer ihm selbst fremden Stimme. Herrisch. Bestimmt. Ja, so fühlte sich sein neues Leben an. Macht. Lust.

Tina schaute ihn nur an. „Setz die auf" sagte er nochmals. „Fünfzig Euro wenn du die aufsetzt:" Tina schaute ihn ungläubig an. Zögernd griff sie nach der Perücke. „Du bist echt so ein Freak wie alle sagen" sprach sie, während sie sich langsam die Perücke aufsetzte. „Aber für einen Fünfziger ertrage ich deinen Schwachsinn". So stand sie da. Schweigend. Sie sah Norbert an, lachte und begann sich langsam im Kreis zu drehen.

In Norbert brach die Hölle los. Ihm wurde schwindlig, ein Krbbeln wanderte durch seinen ganzen Körper und konzentrierte sich auf die Lendengegend. „Komm her" sagte er. „Erika, komm her."

Tina hielt in ihrer Bewegung inne und starrte ihn an. „komm her" sagte er nochmals und ging langsam auf sie zu. Tina merkte dass etwas nicht stimmte und wollte fliehen. Benebelt vom Alkohol verwechselte sie die Türen und stand nicht wie geplant im Stiegenhaus, sondern in der Küche.

Im selben Moment war Norbert hinter ihr, packte sie am Arm und drehte sie zu sich. „Erika" sagte er und versuchte sie zu küssen.

Die Ohrfeige traf ihn mit voller Wucht und kurz war er über die Kraft des zarten Mädchens überrascht. Seine Reaktion war jedoch heftiger als dieser Schlag. Er packte sie mit der linken Hand am Hals, mit der rechten griff er zu der auf der Arbeitsplatte stehenden Sektflasche. Dumpf schlug die Flasche gegen Tinas Kopf, im selben Moment sackte sie zusammen.

Herr Norbert stellte die Flasche zurück, bückte sich und hob Tina sanft hoch. Es kostete ihn keine Anstrengung, so leicht war dieses junge Ding. Er trug sie ins Wohnzimmer, legte sie auf die Couch und betrachtete sie lange. Mit einer Hand strich er ihr sanft über den Bauch, langsam nach oben bis zum Kragen ihres T-Shirts. Dort verharrten seine Finger kurz, ehe sie den Kragen umschlossen und Norbert mit einem Ruck das Shirt von oben bis unten aufriss. Er blickte auf den teilweise entblößten Oberkörper und begann zu weinen.

Keine Brüste, nur angedeutete Wölbungen dort wo Erika pralle Brüste hatte. „Du bist nicht Erika" sagte er und wandte sich ab. „Du bist nicht Erika"

Norbert saß da und heulte. Er weinte wegen der Enttäuschung, aber auch aus Verzweiflung. Tina war ganz sicher tot. Was sollte nur tun? Wie die Leiche entsorgen? Norbert heulte laut auf.

Er fasst sich kurz und ging an seinen Computer. Vielleicht weiß ja Google eine Antwort auf die Frage wie man am besten eine Leiche verschwinden lässt. Er startete den PC und lehnte sich in seinem Sessel zurück.

Im selben Moment knallte er samt dem Sessel zu Boden. Tina war zu sich gekommen und hatte ihn von hinten einfach umgerissen. Sekundenbruchteile später kniete sie auf ihm und drückte ihm den linken Unterarm gegen die Kehle, während sie ihm mit der rechten Faust ins Gesicht schlug. So erschrocken Norbert auch war, so schnell schützte er sein Gesicht mit seinen Unterarmen. Er dreht sich mühsam zur Seite und hielt die Arme dann schützend über den Hinterkopf.

„Du Drecksau, du verdammte Drecksau!" keuchte Tina als sie von ihm abließ. Norbert wimmerte vor sich hin. Tina stand auf und trat ihm in die Rippen. Er jaulte auf. Tina ließ von ihm ab und setzte sich auf die Couch. Sie riss das Tischtuch an sich und wischte sich das Blut, das langsam von ihrer Schläfe tropfte, ab. „Entschuldigung" wimmerte Norbert.

„Entschuldigung? Das ist alles was dir einfällt?" brüllte Tina. „Entschuldigung" wimmerte Norbert, immer noch am Boden liegend. Tina baute sich vor ihm auf.

„Das kommt dich teuer zu stehen du Arsch" sagte sie mit ruhiger, drohender Stimme. „Keine Polizei, bitte" stammelte Norbert, ängstlich, kaum verständlich.

Tina sah ihn lange und schweigend an. Herrn Norbert kam es wie Stunden vor die er da am Boden lag und auf Tinas Schuhe blickte. „Keine Polizei" sagte sie. „Kohle, ich will Kohle. Wieviel hast du da?" „Zwei... zwei- oder dreihundert." „Gib her. Alles. Das reicht erst mal. Wenn ich mehr brauche komme ich wieder und du wirst mir mehr geben. Ist das klar?" „Ja" sagte Norbert. „Alles klar"

Langsam erhob er sich und ging zum Wohnzimmerschrank. Er öffnete eine Schublade und nahm das Geld heraus. Langsam drehte er sich um und hielt Tina zögernd die Scheine hin. Langsam trat sie näher an ihn heran, griff sich die Scheine und ließ das Knie hochschnellen. Lautlos ging Norbert zu Boden. Im Fallen konnte er noch einen Blick auf Tinas flache Brüste erhaschen und wurde trotz des gezielten Tritts erregt. Tina verließ die Wohnung und knallte die Türe zu.

Herr Norbert blieb noch liegen bis Erektion und Schmerzen verflogen waren, dann stand er auf und blickte sich im Wohnzimmer um. Er stellte den Sessel wieder auf seinen Platz vor den Schreibtisch, nahm das blutige Tischtuch und warf es im Badezimmer in die Waschmaschine. Zurück im Wohnzimmer bückte er sich langsam und hob die Perücke auf, die mit Blut besudelt am Boden lag. Er roch daran und spürte wieder Erregung in ihm aufkommen. Er ging zum Computer, betrachtete wieder einmal Erikas Fotos und tat schließlich, was er in den letzten Tagen ziemlich oft getan hatte.

Der Abend kam und Norbert nahm eine ausgiebige Dusche. Die Schmerzen waren fast nicht merh spürbar, die Schläge ins Gesicht hatten keine Spuren hinterlassen, dafür war Tina zu schwach und zu zart. Die ganze Angelegenheit mit Geld zu regeln war zwar im Moment für Norbert gut, aber aus verschiedenen Fernsehkrimis wusste er, dass ein derartiges Agreement zu einem Fass ohne Boden werden konnte. Darum würde er sich schon noch kümmern, aber vorher musste er seinen Plan mit Erika in die Tat umsetzen. Erfolgreich umsetzen.

Erschreckende Träume

Die Nacht war eine rasche Abfolge von teils erschreckenden Träumen. Erika, nackt und mit einer klaffenden Wunde am Kopf. Tina, der plötzlich ansehnliche Brüste gewachsen waren und die sich aus seiner Geldlade im Wohnzimmerschrank bediente. Sie war dabei nackt und als er sich ihr näherte, ebenfalls nackt, zwang sie ihn sich die rote Perücke aufzusetzen. Dann erschlug sie ihn mit einer Sektflasche.

Tina und Erika, beide nackt, die sich um Geldbündel stritten. Der ganze Streit endete in einem Ringkampf der Norbert derart erregte, dass er erwachte und wieder einmal tat was er erst gestern getan hatte. Zufrieden schlief er dann ein. Die nächsten Stunden vergingen traumlos.

Norbert erwachte als es schon später Vormittag war. Seine Rippen schmerzten ein wenig, doch ansonsten fühlte er sich gut. Gestärkt und bereit. Bereit, seinen Plan umzusetzen. Nach dem Frühstück räumte er die Küche auf, vom Vortag klebte noch eingetrockneter Sekt am Boden. Herr

Norbert wischte den Boden mehrmals auf und kümmerte sich auch um die Blutflecken im Wohnzimmer. Auch die Couch hatte etwas Blut abbekommen, Fleckentferner und langes Schrubbern half nicht viel, also bedeckte er die verräterischen Spuren mit einer Überdecke und Pölstern.

Dann nahm er am Esstisch Platz und ging nochmals seinen Plan in Gedanken durch. Mit Erika zur Bank, das Geld abheben und Erika anbieten, sie nach Hause zu begleiten. Vorher aber das Sparbuch wieder nach Hause bringen, Erika ein Glas Sekt anbieten und dann...

Er spürte das Verlangen wieder an den PC zu gehen, Fotos ansehen und- besser nicht, er würde seine Manneskraft morgen noch benötigen. Da kamen plötzlich andere Gedanken in seinen Kopf.

Was hat Tina wohl Herrmann erzählt woher sie die Verletzung hat? Würde Herrmann ihn morgen gleich verprügeln, anzeigen oder sonst etwas unternehmen? Vielleicht würde auch Herrmann ihn erpressen, vielleicht kommt ja Tina morgen schon um mehr Geld aus ihm herauszuleiern. Was, wenn er und Erkia gerade... und Tina an der Türe läutet?

Herr Norbert spürte wie die Unruhe wuchs. Sollte er hinausgehen und nach Tina suchen, ihr gleich Geld geben? Ein paar Hundert würde der Geldautomat ausspucken. Nein, besser nicht. Sie könnte auf die Idee kommen immer mehr zu verlangen, unverschämt werden.

Nicht dass es an Geld mangelte. Durch die Erbschaften von seinen Eltern und seine nahezu spartanische Lebensweise hatten sich fast dreihunderttausend Euro auf seinem Sparbuch angesammelt. Er hatte nie darüber nachgedacht wofür er so viel Geld ausgeben sollte, nun hatten sich die Dinge aber geändert. Mit dem Geld konnte er Erika ein chönes Leben bieten. Kleidung, Schmuck, Urlaube. Urlaub. Strand. Bikini.

Er ging an den Computer und tat, was er noch vor einer Stunde vermeiden wollte.

Montag- geht Norberts Plan auf?

Montagmorgen. Norbert erwachte mit einem seeligen Lächeln auf den Lippen. Zu schön waren die Träume in der vergangenen Nacht gewesen. Erika, Urlaub, Szenen aus den Pornos die er in den letzten Tagen angesehen hatte- natürlich mit Erika und ihm als Darstellern. Er konnte es beinahe nicht erwarten zur Arbeit und somit in Erikas Nähe zu kommen. Heute war der Tag der Tage für ihn. Er unterdrückte das Bedürfnis zu tun, was in den letzten Tagen beinahe zur Gewohnheit geworden ist und ging zur Arbeit.

Der Vormittag zog sich elendslang dahin, immer wenn sich die Türe öffnete zuckte Norbert zusammen und hoffte, dass endlich Erika einträte. Doch sie kam nicht. Mittags in der Kantine konnte er sich nicht auf sein Essen konzentrieren, immer wieder suchte er den Raum nach Erika ab. Endlich, da war sie. Stahlblaues Kostüm, eng anliegend, Brüste. Sie ging zur Essensausgabe und füllte ihr Tablett, anschließend steuerte sie den Tisch an, an dem ihre Kolleginnen bereits zusammensaßen. Kein Blick zu ihm herüber. Herr Norbert war enttäuscht. Fast zornig.

Er beschloss zurück an seinen Arbeitsplatz zu gehen, stand auf und ging in Richtung Ausgang. Plötzlich hörte er Erikas Stimme: „Hallo Norbert! Vergiss nicht unser Daten heute!"

Stille im Speisesaal. Ungläubige Blicke pendelten zwischen Norbert und Erika hin und her. Norbert fühlte, wie im die Röte ins Gesicht stieg, winkte kurz zu Erika hinüber und ging weiter. Langsam kamen die Gespräche wieder in Gang, doch immer wieder musterte man Erika mit ungläubigen Blicken.

Der Nachmittag war für Herrn Norbert ähnlich belastend wie schon der Vormittag. Die Nervosität stieg, er ging immer und immer wieder seinen Plan durch. Ablenkung gab es als Herrmann mit seiner Frau telefonierte und ihr erzählte, dass Tina mit einer Verletzung am Kopf nach Hause gekommen war. Sie hatte erzählt dass man sie überfallen und ausgeraubt hatte. Norbert war beruhigt.

Kurz vor Feierabend öffnete sich die Türe und Erika schwebte herein. „Gehen wir?" Norbert erhob sich wortlos und sie gingen. Zurück blieb ein ungläubiger Herrmann mit offenem Mund.

Am Weg zur Bank. Mit Erika. Norbert genoss es mit ihr durch die Stadt zu gehen. Im war, als ob ihn jeder Mann neidvoll hinterher starrte. Ein herrliches Gefühl. Erika versuchte sich gar nicht in Smalltalk. Sie musterte nur die Auslagen der Boutiquen und ließ ab und an ein erfreutes „Oooh" hören, immer wenn sie ein besonderes Stück erblickt hatte. Norbert dachte im Stillen bei sich dass sie wohl in Gedanken bereits einen Teil des Geldes ausgab. Ihm egal. Hauptsache sein Plan ging auf.

In der Bank war wenig los und Norbert hob zehntausend Euro ab. Draußen sagte er zu Erika, dass er sein Sparbuch nach Hause bringen möchte und sie dann begleiten würde. Man kann ja nie wissen, es könnte ja was passieren mit so viel Geld in der Tasche. Erika sagte zu.

Sie war da. In seiner Wohnung. Erika.

Das Unglück nimmt seinen Lauf

Norbert war fahrig, zittrig, erregt. Er verstaute sein Sparbuch wieder in der Schublade des Wohnzimmerschrankes. Erika nahm auf der Couch Platz, auf jener Couch, auf der auch Tina Platz genommen hatte. „Ein Glas Sekt?" fragte Norbert. „Ooh, sehr gerne!" flötete Erika. „Bin gleich wieder da" sagte Norbert und ging in die Küche.

Erika sah sich im Zimmer um. Seltsame Möbel, seltsame Bilder- die perfekte Wohnung für einen seltsamen Menschen.

Sie stand auf und ging im Raum herum. Irgendwie zog es sie in Richtung des Schrankes. Sie öffnete vorsichtig die Lade, in der Norbert das Sparbuch aufbewahrte. Ein schneller Griff, ein schneller Blick. Erika zuckte, legte das Sparbuch zurück und schloss die Schublade. Sie konnte es nicht fassen. Fast dreihunderttausend Euro. „Wie kommt der Freak zu so viel Kohle?" dachte sie. Da müsste doch mehr für sie drin sein als die paar Tausender für den Schaden an ihrem Auto, der mittlerweile schon behoben war. Tante Klara war so freundlich die Kosten zu übernehmen, Erika musste sie dafür nur ab und zu ins Seniorentreff bringen und wieder abholen.

Norbert kam mit zwei Gläsern ins Zimmer zurück. Er reichte eines davon Erika und wies auf die Couch. „Setz dich doch" sagte er und versuchte zu lächeln. Es gelang, und sie nahmen beide auf der Couch Platz. „Danke nochmals" sagte Erika, lächelte ihn an und nahm einen kleinen Schluck. Auch Herr Norbert trank und spürte, wie Sekt und Erikas Nähe ihn erregten. Schweigen.

„Darf ich rauchen?" fragte Erika und nestelte umständlich eine Packung Zigaretten aus ihrer Handtasche. Norbert stand auf und holte vom Wohnzimmerregal einen alten, kitschigen und schweren Aschenbecher. Messing, geformt wie eine Muschel aus der gerade ein Delphin herausspringt. Ein Souvenir aus einem der seltenen Familienurlaube. Wo mag das gewesen sein? Jesolo? Caorle? Norbert wusste es nicht mehr. Er stellte das hässliche Stück vor Erika auf den Wohnzimmertisch und sagte

„Du darfst alles". Erika zündete sich eine Zigarette an und schaute im Zimmer herum. Norbert fühlze sich unwohl. Zwar wollte er seinen Plan verfolgen, doch irgendwie fehlte ihm der Mut. Erika trank wieder einen Schluck. „Noch ein Glas?"

„Hmmm... ich weiß nicht" sagte Erika zögerlich. Norbert nahm einfach ihr Gas und ging in die Küche. Als er mit dem gefüllten Glas zurück kam, hatte Erika ihre Handtasche bereits umgehängt und stand mitten im Raum. „Ich möchte jetzt gehen" sagte sie. Norbert ging schweigend zum Tisch und stellte Erikas Glas ab. Dann wandte er sich ihr zu. Sah ihr in die Augen. Schweigen. Erika nestelte verlegen an ihrer Tasche herum. „Können wir bitte gehen?"

„Nein" sagte Norbert und ging auf sie zu. Erika wich zurück, ihr Blick ging zwischen Norbert, der sich langsam näherte, und dem Raum hin und her. „Nein" sagte Norbert nochmals. Erika stand mit dem Rücken zur Tür, die auf den Gang und weiter zum Ausgang aus der Wohnung führte. Norbert stand drohend aufgerichtet vor ihr. Er keuchte. Schweißperlen auf der Stirn. Irrer Blick. Erika bekam es mit der Angst zu tun.

„Du wirst dich jetzt bei mir bedanken" sagte Norbert. „Danke" brachte Erika zitternd über die Lippen. „Danke."

„Du glaubst das genügt?" brüllte Norbert sie plötzlich an. „Du wirst dich so bedanken wie ich es dir sage!" Erika ließ ihre Handtasche fallen und und lehnte sich an die Türe. Langsam glitt sie daran hinab, bis sie wie ein zitterndes Häuflein Elend vor Norbert hockte. Sie weinte.

„Bitte weine nicht" sagte Norbert mit plötzlich sanfter Stimme. Erika blickte zu ihm hoch, verwirrt dass seine Stimme plötzlich so anders war. Norbert streckte ihr seine Hand entgegen. „Komm, ich helfe dir auf". Es vergingen ein paar Sekunden, dann ergriff Erika Norberts Hand. Der umschloss sie mit sanftem Griff und zog sie langsam hoch.

Kaum stand Erika wieder aufrecht wurde sein Griff fester und er zog sie quer durch den Raum. Bei der Couch angelangt gab er ihr einen Stoß, so dass Erika halb liegend und halb sitzend auf der Couch landete.

„Jetzt wirst du dich bedanken" sagte Norbert. Ganz ruhige und sanfte Stimme. Erika konnte sich nun vorstellen was da kommen würde.

Mit beiden Händen packte Norbert den Kragen von Erikas Bluse. Sie versuchte seine Hände wegzuschlagen, aber erfolglos. Die Bluse riss auf, der cremefarbene Büstenhalter kam zum Vorschein und brachte Norbert in Raserei. Seine Erregung wuchs ins unermessliche, sein Zorn auch. „Was soll dieses Scheißding da?" brüllte er und zerrte daran. Er hielt. Norbert brüllte auf und riss nochmals daran. Nun zerriss er und legte Erikas Brüste frei.

Brüste. Erika auf der Couch. Rote Haare. Norbert verlor die Kontrolle über sich. Er gab Erika eine Ohrfeige, knetete ihre Brüste, gab ihr noch eine Ohrfeige. Dann stand er auf und öffnete seinen Gürtel. Begann sich die Hose auszuziehen während Erika schluchzte. Bereit seinen Plan in die Tat umzusetzen.

„Du verdammte Drecksau!" Erika und Norbert rissen zugleich die Köpfe herum und starrten zur nun offenen Wohnzimmertüre. Da stand sie. Tina. „Ein neues Opfer gefunden du Schwein?"

Norbert starrte sie mit offenem Mund an, Erika weinte. „Das wird jetzt teuer du Sau!" sagte Tina und ging langsam auf ihn zu. „Eigentlich wolte ich mir ja nur zwei- uder dreihundert Mücken holen, aber jetzt wird es richtig teuer für dich."

Norbert wusste nicht was er tun sollte, starrte Tina nur an. Plötzlich hörte er Erikas Stimme. „Das Schwein hat fast dreihunderttausend Euro auf der Bank, das reicht für uns beide!" Ein Grinsen umspielte Tinas Mundwinkel. „Drei-hundert-tausend" wiederholte sie. „Das sollte wirklich für uns beide reichen."

Norbert hatte einen Plan. Er drehte sich in Tinas Richtung, gleichzeitig griff er nach dem Aschenbecher. Fester Griff. Schneller Schritt in Richtung Tina. Dann knallte er auf den Boden. Er hatte vergessen, dass er seine Hose heruntergelasen hatte.

Tina stürzte sich mit einem Schrei auf ihn, doch Norbert vollführte eine Drehung und knallte ihr den Aschenbecher mit voller Wucht ins Gesicht, genau in dem Moment in dem sie nach seiner Hand greifen wollte. Tina sackte zusammen und Erika schrie auf. Norbert rappelte sich hoch, zog mit einer Hand seine Hose hoch und ging auf Erika zu. Die saß wie gelähmt mit erschrocken geöffneten Augen da und hielt mit beiden Händen ihre Bluse zu.

Der Aschenbecher traf sie an der Schläfe und sie knallte mit dem Kopf auf den Couchtisch.

Finale

In Norbert brannten tausend Feuer. Zwei verletzte, vielleicht tote Frauen in seinem Wohnzimmer. Er gab Erika einen Tritt. Sie fiel zu Boden und kam mit ihrem Kopf neben Tinas zu liegen. Norbert blickte auf die beiden Frauen hinab. Er kniete sich zu ihrne Köpfen, küsste beide Münder und schlug zu. Einmal auf Tinas, einmal auf Erikas Kopf. Jeder Schlag wurde von einem spitzen Schrei aus seinem Mund begleitet. Schließlich ließ er den Aschenbecher fallen und rannte brüllend aus der Wohnung ins Treppenhaus. Dort brach er zusammen.

Norbert erwachte. Er öffnete die Augen und schaute in ein fremdes Gesicht. Er erschrak. „Wo bin ich?" Das Gesicht lächelte ihn an. „Sie sind im Krankenhaus, offensichtlich hatten Sie einen Ohnmachtsanfall, ausgelöst durch Stress. Ihre Nachbarin hat Sie im Treppenhaus liegend vorgefunden, nachdem sie zuvor Schreie aus Ihrer Wohnung gehört hatte."

Norbert schloss die Augen. Die Ereignisse der letzten Stunden rasten durch seinen Kopf. Warum war er nicht mit Handschellen ans Bett gefesselt, so wie er es in Krimis gesehen hatte? Was war da los? „Warum habe ich in der Wohnung herumgeschrien?" fragte er, die Augen noch immer geschlossen. Er hatte Angst vor der Antwort. „Keine Ahnung" sagte die fremde Stimme. „Die Rettungskräfte und auch die Polizei konnten keinen Grund finden, es war alles in Ordnung, kein Einbrecher, kein Feuer, keine Schäden.

Norbert begann zu zittern. Offenbar war ihm passiert, was er nur aus Erzählungen und Filmen kannte: Er hatte geträumt.

Nach einigen Sekunde lächelte er. Nun hatte er auch einen Plan. Die Krankenschwester drehte das Licht ab und ging aus dem Zimmer.

CLAUDIO SCOREGGIA

Claudio Scoreggia ist das Pseudonym des 1965 in Korneuburg/NÖ geboren Autors Klaus Reinagl.